I0551345

# CONFIDENCES

## POÉTIQUES

PAR

## Charles BRISSONNET

JUIN 1863

LILLE

IMPRIMERIE DE N. DESTIGNY, GRANDE-PLACE, 38.

1863

½   39409

Y+

# CONFIDENCES

## POÉTIQUES

Ye

39409

# CONFIDENCES

## POÉTIQUES

PAR

## Charles BRISSONNET

JUIN 1863

LILLE

IMPRIMERIE DE N. DESTIGNY, GRANDE-PLACE, 58.

—

1863

# CONFIDENCES POÉTIQUES

## A LA MÉMOIRE DE MA MÈRE

### ÉLÉGIE

*A ma cousine Francisca Lamberton.*

O ma lyre! en ce jour, qu'un chant à sa mémoire
Rouvre en moi la plaie aux douleurs !
Que tes cordes en deuil, sous leur écharpe noire,
Rendent des sons mêlés de pleurs !


Tu vibres mieux, cher luth, amolli par mes larmes :
Tes tendres accents sont plus beaux !
Ta voix pleurant ma mère, en moi double ses charmes :
Hélas ! en doublant mes sanglots !

. . . . . . . . . . . .

Toi qui nous aimais tant ! tu n'es plus, bonne mère,
 Pour guider nos pas incertains.
Ton âme était liée à celle de mon père
 Par le plus heureux des hymens.


D'un lustre tout entier te devançant en tombe,
 Tu restas unique mentor.
Quand tu me di : « Petit, ton bon père succombe ! »
 J'avais dix ans, à peine encor...


Le matin, voletant comme trois hirondelles,
 Au jardin il nous surveillait :
Et toi, mère, le soir embrassant nos prunelles
 Ta douce voix nous endormait.


Puis voyant tes trois fils sous la verte charmille
 Jouant, tu te disais à toi :
« Que n'ai-je donc, Seigneur, pour compagne une fille
 Qui resterait auprès de moi... »


Où donc est-il ce temps de mes jeunes années
 Passagères comme un printemps ?
Bien des saisons sans fleurs depuis se sont passées
 Sans pâlir ces rêves charmants !


Mon père était l'ami qui partageait tes peines
 Te consolant dans tes douleurs ;
Et quand de tes doux yeux se grossissaient les veines
 Par un baiser séchait tes pleurs...


Mais il mourut, hélas ! Mort douloureuse, horrible :
 Torturé jusqu'à son trépas !
Ton bonheur fut immense et ta chute terrible :
 Mère, tu ne lui survis pas...

Quelle amie entendra d'une existence amère
    Les trop lamentables refrains ?
Eh! pourtant sans fortune et privés de leur mère
    Que reste-t-il aux orphelins ?


Mais pourquoi tant gémir ? vos âmes immortelles
    Resplendirent de vos vertus,
Et l'ange du Très-Haut vous porta sur ses ailes
    Jusques au séjour des élus.


Dans ce monde imposteur si je trouvais des charmes,
    En m'égayant à ses flambeaux ;
Fuyant l'impur contact, j'irais, dans mes alarmes
    Me retremper sur vos tombeaux !!!.....

# A MA TANTE A*** DE St-CLt.

## SONNET

Quoi ! vous me demandez l'envoi de quelques vers ?
Mais, mal dissimulé, sous les plis d'un sourire,
Je vois un air moqueur ; on dirait qu'il désire
Plaindre un certain défaut, qu'on appelle un travers,

O ma tante, avouez que si j'osais écrire,
Vos lèvres se tordraient comme-on fait aux fruits verts ;
Votre esprit élevé par de plus doux concerts,
Trouverait peu de charme aux accords de ma lyre.

Que ce soit la nature ou quelque passion,
Si je chante parfois, c'est d'inspiration ;
Mais les vers sur COMMANDE exaspèrent les muses.

Je gesticule et dis que je n'écrirai pas
Et je vois qu'un sonnet éclôt de mes débats :
Veuillez me pardonner, je vous fais mes excuses.

# A MA COUSINE MARIE LAMBERTON.

## STANCES

Sous l'aile de ta mère,
Enfant, grandis toujours :
Son âme qui l'éclaire
Te fera d'heureux jours.

Chéris bien ton aïeule ;
Son cœur si grand, si doux.
Déverse sur toi seule
L'amour qu'elle a pour tous.

Suis toujours de ton père
Le généreux conseil ;
La vie est bien amère
Sans cet autre soleil.

Oh ! que Dieu te préserve
De perdre tes parents ;
Pour nous tous qu'il conserve
Ces êtres bienfaisants.

Je sais ce qu'il en coûte
D'affronter le destin
Seul, en cette âpre route,
Quand on est orphelin !

Dans nos cités tout brille,
Mais aussi tout corrompt :
Bien souvent jeune fille
Y flétrit son beau front.

L'aubépine est fleurie,
Va cueillir dans les prés
La fleur qui se marie
A tes cheveux dorés.

Les fleurs de la nature
Ne sont point au salon ;
La plus belle parure
Est celle du vallon.

Cours avec tes compagnes
Qui n'ont pas ta beauté,
Dans ces vertes campagnes
Qui donnent la santé.

Effeuille l'allégresse
Sans trève, sans soupirs ;
Que jamais la tristesse
N'effleure tes plaisirs.

A plus tard les alarmes,
Les soucis, les chagrins ;
Enivre-toi des charmes
De tes jeux enfantins.

L'enfance trop tôt passe
Et sa coupe de miel,
Sans plus laisser de trace
Qu'un blanc nuage au ciel.

Ton cœur par la prière,
O tendre chérubin,
De la divine sphère
T'apprendra le chemin.

# A TOI

Des vallons, des coteaux, des prés, de leur verdure :
Des fontaines, des bois, de toute la nature
                Que me fait la splendeur ?
Que me font les beautés, les trésors qu'on envie,
Le songe virginal, et que me fait la vie,
                Si je n'ai pas ton cœur ?


Enfant j'aimais ma mère, et Dieu me l'a ravie !
Son âme était pour moi la fleur toujours fleurie.
                J'aurais voulu mourir,
Mourir pour elle, hélas ! car c'était un bon ange :
Pour toi, divine enfant, mon amour est étrange :
                Pour toi je puis souffrir !


Oh ! laisse-moi t'aimer, pour chérir l'existence ;
Pour ne point au bonheur, au sortir de l'enfance,
                Dire un dernier adieu ;
Pour ne pas blasphémer tout ce que l'homme adore ;
Pour ne pas regretter le jour de mon aurore ;
                Pour toujours croire en Dieu !!!...

# A MA COUSINE NOÉMIE ARDILLAUX

## SONNET

Elle est jeune et jolie,
Ses beaux yeux de son cœur
Annoncent la douceur,
De tous elle est chérie.

C'est un ange qui prie
Pour l'humaine douleur ;
C'est une âme pétrie
D'amour et de candeur.

L'innocence lui donne
La plus pure couronne
De myrthe et d'oranger.

Son esprit et ses grâces
Répandent sur ses traces
L'attrait qui fait songer !

# A MON AMI HENRI LAURIER.

Te souviens-t-il de notre enfance,
Henri, quand ensemble le jour,
Nous exprimions, fraîche innocence,
La pureté de notre amour ?
Nous étions les INSÉPARABLES,
Nous apprenant à faire des vers ;
Ami, les tiens étaient passables,
Des miens on disait : quel travers !

Jeune, comme un bouton de rose
Qui n'est teint que d'un seul soleil,
Mais où le parfum repose,
Tu n'avais pas le teint vermeil.
Sous ta main encore novice,
Ta lyre frémissait de peur ;
Mais l'immortelle protectrice
Voulut guider ta noble ardeur.

Puis, l'astre flamboyant des mondes
Te chauffa de ses divins feux :
De chaque goutte de tes ondes
Jaillit un flot majestueux.
Tu sais dompter par ta puissance
L'ardent Pégase ; vrai Français
Tu promets de plus à la France
Un pieux enfant du progrès.

# A MADEMOISELLE MARIE M***

## SONNET

Mon sommeil chaque nuit d'un songe est agité :
Dans mes bras frémissants je crois tenir Marie,
Je murmure bien bas sur sa lèvre chérie
Les mots mystérieux de la félicité !

Puis je bois les parfums avec avidité,
Qui s'émanent si purs de son âme attendrie,
Et mon cœur enivré vers Dieu s'élève et prie :
Que cet immense amour soit pour l'éternité !

Quand l'aurore apparaît répandant sur le monde
Sa pompeuse clarté qui jaillit comme une onde :
Mon beau rêve s'enfuit, l'ange retourne aux cieux.

Je cherche en vain la place où ma beauté mystique
Offrait à mes regards un front mélancolique ;
J'ai dans l'âme un portrait qui, seul, reste à mes yeux !

# FRAGMENT

Des malheureux sous de vieilles solives
Meurent de faim n'osant pas mendier ;
Des opulents dans des courses oisives
Roulent sur l'or pour se faire envier.
« Pour être admis au séjour de mon père,
» Disait Jésus, réunissez sur terre
» La paix du cœur jointe à la charité. »
Sans écouter ce verbe de justice,
On songe à peine à son affreux supplice,
Et le veau d'or remplace l'équité.

# UNE EFFEUILLÉE

*A M. Armand de M\*\*\**

J'ai vu par une soirée
        Etoilée,
Jeanne et vous, près du hameau
Que sa famille humble habite,
        Sortir vite
Des bois de votre château.

Mon regard, dans la vallée
        Argentée,
Vous vit bientôt aux genoux
De la jeune et belle Jeanne,
        Paysanne
Qui vous a fait si jaloux.

A votre voix caressante
        Et vibrante,
Jeanne frissonnait de peur ;
Et vous, démon, vous lui dites,
        Des beaux sites,
De contempler la splendeur !

« Jeanne, disiez-vous, la brise
    » Qui nous frise,
» En caressant nos cheveux,
» Donne à toute la nature
    » Un murmure
» Comme un zéphyr amoureux !


» Regarde le ciel sans voile !
    » Vois, l'étoile,
» Clou d'or sur l'azur des cieux,
» Charme les cœurs qui s'enivrent
    » Et se livrent
» Au bonheur mystérieux !


» S'aimer, vois-tu, c'est la vie !
    » Tout convie
» A boire la volupté !
» Jusqu'au regard qui t'admire
    » Et se mire
» Dans ton âme et ta beauté ! »


Mais à vos désirs rebelle,
    Votre belle
Luttait contre son amour,
Quand sous vos cils une larme,
    Puissant charme,
Perle soudain se fit jour.


O Seigneur ! que les paroles
    Sont frivoles
Quand un amour dans les yeux
Se peint en ardente flamme
    Et que l'âme
S'imprime au front radieux !

Tels les pleurs si doux d'aurore
Font éclore,
Se tamisant dans le ciel,
Les mille fleurs que l'abeille
Qui s'éveille
Butine pour son doux miel ;


De même sous vos paupières,
Deux lumières
Allumèrent un feu brûlant,
Dans le sein de votre amante
Palpitante
Sous un souffle dévorant.


Dans cette lutte inégale
Et fatale
De la crainte et du désir,
J'entendis deux fois : je t'aime,
Mot suprême !
Mais qui devait la flétrir;


Car la fille fascinée
S'est donnée
A son heureux séducteur...
Hélas ! la vierge épuisée
S'est brisée
S'effeuillant dans son bonheur !

# A LAMARTINE.

## SONNET

Si le génie humain pouvait monter encor
En la voûte insondée, illustre Lamartine,
Ton âme épanouie à la bonté divine
Vers le sommet des cieux aurait pris son essor !

Comme un rayon divin ton esprit illumine ;
Il nous fait adorer la muse aux ailes d'or,
Qui t'enlève en l'éther, qui te sert de mentor.
O céleste Immortelle, inspire, il te devine!

Dieu permet quelquefois, pour retremper nos cœurs
Et pour donner un beaume aux humaines douleurs
Qu'un poëte sacré nous verse l'harmonie.

Barde pétri d'amour, va ! ta lyre est bénie !
Et ton siècle tout plein de Mars et d'Apollon
Aura nom : Lamartine, Hugo, Napoléon...

# LA DÉBAUCHE

*A quelques Étudiants de mes Amis.*

Où vont ces jeunes gens ? Ils courent dans les bouges
Où grouillent les phrynés aux traits pâlis et rouges
    De fard et de douleur !
Amis, chacun de vous, qu'en moi-même je nomme,
N'aurait-il que le nom, que le nom seul de l'homme
    Sans en avoir le cœur ?


Pourquoi donc abrutir votre vive jeunesse
De lascives amours que vend au poids l'ivresse,
    De poisons flétrissants ?
Laissez la courtisane à la lèvre rougie ;
Ne mêlez plus vos voix au champagne, à l'orgie,
    Aux baisers dévorants.


Quoi ! du bonheur au sein d'une maison de joie !
Vous y videz la coupe où votre esprit se noie,
    Insensés jeunes gens.
Oh ! ne blasphémez pas, la voûte où la voix monte
S'assombrit à vos chants sans respect et sans honte
    De faner vos printemps !

Cessez donc ces festins et ces noces brutales ;
Amis, voyez l'abus de ces heures fatales
    Qui brisent les plus forts.
Ces cœurs trop tôt blasés sont, hélas ! trop tôt vides
Et les traits jadis purs sont aujourd'hui livides
    Et ressemblent aux morts !

Il en est temps encor ! brisez donc ces idoles
Dont les transports brûlants rendent vos têtes folles
    Pendant toute une nuit.
L'homme flétrit son cœur, la femme vend son âme
Dans ce bouge hideux, dans ce repaire infâme
    Où l'aurore est minuit !!!...

Si l'enfant se complait dans ces flammes impures,
Qui ne laissent au cœur que de vagues murmures
    Dont l'homme doit rougir,
Son ardeur, comme un punch à la flamme bleuâtre,
Se brûle et se tarit ; ce feu qu'il idolâtre
    S'évapore en soupir.

S'il bondit de plaisir dans ces amours qui minent ;
Si quelques traits fardés dans son cœur se burinent :
    S'il n'aime que le corps ;
S'il vautre sans pudeur son heureuse poitrine
Sur un sein frémissant et de forme divine,
    Que tuera le remords ;

De telles voluptés si son âme est ravie :
Il tarit d'un seul coup la source de la vie ;
    Il s'énerve les sens !
Même à la fleur de l'âge il a cessé de vivre,
Rongé par les excès qui font fermer le livre
    Quand on n'a pas vingt ans !!!....

# MORT DE BÉRANGER

Impromptu fait au Père Lachaise pendant l'enterrement du poète
national, à Paris.

Un barde illustre, un poëte, un génie
Par des chansons étonna tour à tour :
Les courtisans dont il flétrit la vie,
Les indigents dont il chanta l'amour.
De l'équité l'humanité qui boite
Crut étouffer sa voix sous les verroux :
Malgré les murs d'une cellule étroite
Sa douce voix arriva jusqu'à nous.

Ce chantre aimé, cet ange, ce prophète
Qui nous versait l'ambroisie et le miel.
Sous ses lauriers vient de plier la tête.
Comme ses chants il nous venait du ciel !

Amis, c'était une lyre chérie !
Son mâle accent aguerrit les soldats
En leur chantant l'amour de la patrie ;
Quatre-vingt-douze, aux glorieux combats !
C'était aussi la lyre plébéïenne,
Fille du peuple, elle aimait son bonheur.
Elle chanta l'élève de Brienne,
Gloire et génie unis à la valeur.

Ce chantre aimé, cet ange, ce prophète,
Qui nous versait l'ambroisie et le miel,
Sous ses lauriers vient de plier la tête.
Comme ses chants il nous venait du ciel.


Pleurons, Français, il a passé la barque
Le Chansonnier qui chanta nos amours !
Lisette, adieu ! l'inexorable parque
Trop tòt pour nous fila ses derniers jours !
Il dévoila le lâche et le faux prêtre ;
Il chansonna les dècrets menaçants.
Que nos regrets se fassent tous connaître ,
En célébrant nos plaisirs par ses chants.


Ce chantre aimé, cet ange, ce prophète,
Qui nous versait l'ambroisie et le miel,
Sous ses lauriers vient de plier la tête !
Comme ses chants il nous venait du ciel.


Bardes sacrés, le progrès par le monde
Par nos accents ira faire séjour.
Entendez-vous ? C'est ce géant qui gronde,
O mes amis, chantons, chantons l'Amour !
L'homme qui tremble est un homme qui doute,
Donnons l'exemple à la postérité ;
C'est Béranger qui nous fraya la route,
Son grand nom passe à l'immortalité !!..


Ce chantre aimé, cet ange, ce prophète
Qui nous versait l'ambroisie et le miel,
Sous ses lauriers vient de plier la tête ;
Comme ses chants il nous venait du ciel !..

# A JULIETTE S***

(A PLAISANCE, PRÈS DE PARIS.)

Oh ! laisse-moi te dire et te le dire encore :
Juliette, ô Péri, je t'aime ! je t'adore !
Je voudrais pour te voir, consacrer mes instants,
Ce serait de mes jours tous les plus doux moments !
Mais ta lèvre se plisse, incrédule sourire ;
Quand on aime pourquoi ne pourrait-on le dire ?
C'est que tu ne crois pas, m'as-tu dit certain jour,
Au bonheur d'ici-bas, c'est-à-dire à l'amour.
A l'amour ! que ce mot occupe de pensées !
Combien voudraient encor n'avoir que vingt années,
Pour sentir en leur corps ces suaves frissons
Que donne le baiser du cœur que nous aimons.
Et moi, je t'idolâtre ! un seul mot d'espérance,
Et je vole rapide aussitôt vers Plaisance,
Où là nous laisserons, dans les chaînes de fleurs
D'un mutuel amour, se lier nos deux cœurs !
Ta bouche sur ma bouche, exprimant son ivresse,
Me dira, « Mon ami, Dieu veut que l'amour naisse ! »

# POSSESSION

*A Juliette S\*\*\*.*

Pour ne pas voir pâlir
L'enivrant souvenir
Qu'un palpitant soupir,
Comme un tiède zépphr,
A fait épanouir,
Je ne veux pas vieillir.

Quand elle aurait pu fuir,
Je l'ai vue à loisir
Se pâmer, me bénir,
Demandant à mourir
Pour que nul repentir
Ne froisse l'avenir !

Les mers peuvent mugir,
La terre s'entr'ouvrir ;
Le monde peut finir :
Je sais ce qu'un désir
Peut donner de plaisir
Quand on peut l'assouvir !...

# RÉPONSE

*A ma cousine Noémie Ardillaux.*

Vraiment, chère cousine,
Tes suaves couleurs,
Ta beauté qui s'incline
Et ton âme divine
Sont de fausses lueurs ?

Oh ! dis-moi que la lyre,
Qui frémit sous mes doigts,
Dans son pieux délire,
N'a qu'un pâle sourire,
Qu'un sanglot dans la voix.

Je le sais et je pleure
Sur de stériles chants,
Qui n'auront pour demeure
Qu'un cerveau qui se leurre
Dans ses tristes penchants !

Mais que ce luth encense
D'un accent tout flatteur.
Les grâces, l'innocence,
La mystique puissance
De ta douce candeur.

C'est trop de modestie,
D'angélique bonté ;
Ton tendre cœur oublie
Que mon âme est remplie
Par la sincérité.

La sensible immortelle,
La trame de mes jours !
En étendant son aile
Sur mon esprit fidèle ,
M'a dit : Sois vrai toujours.

Et puis la fiancée,
Comme un ange gardien,
Plongea dans ma pensée
Et la vit enlacée
Par un chaste lien.

Non ! jamais l'artifice
Ne séduira mon cœur :
Au transparent calice
Je délaierai le vice
Dans toute sa noirceur,

Oh ! si je suis à plaindre
En chantant la beauté,
Quand je voudrai te peindre
Ne devrai-je pas craindre
Mon incapacité ?

Ces stances sont pareilles
A ces sortes de fleurs,
Aux nuances vermeilles
Qui trompent les abeilles,
Sans parfum dans leurs cœurs.

Mais je suis téméraire
Quand tes grands yeux d'azur,
Que ton esprit éclaire,
Répandent leur lumière
Sur ton front blanc et pur.

Quand ta douce parole
S'embellit d'un souris :
Tel un parfum s'envole
De l'humide corolle
De la rose et du lis.

Ou bien quand il arrive
Que dessous ton berceau,
Qui penche sur la rive,
Tu reposes, pensive
Au murmure de l'eau.

Ah ! quand mon âme émue,
Dans ton riant bosquet,
Ainsi t'offre à ma vue,
Comme un astre en la nue,
Puis-je rester muet ?

Céleste jeune fille,
Seule avec ta vertu,
Sous la verte charmille,
Quel éclair en toi brille ?
A quoi donc songes-tu ?

Telle une marguerite
Aux baisers du zéphyr,
Sur sa tige palpite,
Sous l'arbre qui l'abrite,
De crainte et de plaisir ;

Tel s'abaisse et s'élève
L'albâtre de ton sein,
Par le soupir sans trève
Qui frémit dans ton rêve
En colorant ton teint.

Oh ! si j'étais poëte,
Quels sublimes accents
De ma lyre indiscrète,
Iraient bercer ta tête !
Iraient charmer tes sens !

Mystérieux bocage,
Réfléchi par les flots,
Par ton discret feuillage,
Tu voiles cette image,
Que chantent les oiseaux.

Comme eux ma blonde muse
Viens chanter ton repos
Sur ma harpe confuse ;
Tel un enfant s'amuse
Des dociles échos.

# JULIE

*A mon ami Emile D\*\*\**

## I.

Ah ! Pourquoi je suis triste et pourquoi je soupire?
Dois-je essuyer mes pleurs aux accents de ma lyre ?
Tu veux que dans ton sein j'épanche mes douleurs !
Crois-tu donc adoucir l'amertume des pleurs ?
L'homme ne compâtit qu'aux peines qu'il éprouve!
Puis il est certain maux qu'un cœur pur désapprouve...
Je veux dissimuler, dans les plis des secrets,
Les maux les plus poignants que m'ont faits les regrets !

. . . . . . . . . . . . . . . .

Pardonne, cher ami, le chagrin m'exaspère ;
Le désespoir aussi m'aigrit le caractère.
Tu viens me demander d'expliquer franchement
Le secret qui m'accable et cause mon tourment !
Si j'ose commencer, faudra-t-il que j'achève
D'exprimer un amour qu'on prendrait pour un rêve,

Sans te dire l'effroi, l'horreur que je ressens
Aux pensers de bonheur qui brûlèrent mes sens ?
Emile, tu ne vois dans la femme que l'ange ;
Tu ne peux concevoir pourquoi d'elle on se venge ;
Et tu ne comprends pas que cet ange au col blanc
Fasse verser des pleurs ou répandre du sang.
Pour toi la femme est tout : l'amour, la poësie,
Son cœur sans cesse épand le miel et l'ambroisie ;
C'est l'épouse, l'amie et l'amante et la sœur ;
C'est le plus doux parfum de la suave fleur ;
Elle émane des cieux et des vapeurs de l'onde ;
C'est la mère du Christ et c'est l'espoir du monde.
Je t'ai vu bien des fois joyeux, à son aspect
Tressaillir et rougir d'un amoureux respect...
Moi, je la vois toujours, quand je sonde son âme,
En proie à quelque haine ou bien à quelque flamme ;
Et je lui trouve au fond un mélange odieux :
Du démon dans le sein, de l'ange dans les yeux.
Et puis d'amers pensers aussi froids que le marbre
S'attachent à mon cœur comme le lierre à l'arbre ;
Alors dans ces moments, Emile, je la hais
Tant je souffre de maux par celle que j'aimais !!!...
Pourquoi donc repasser par de stériles plaintes
Au creuset de mon cœur ces douleurs presqu'éteintes ?
Calice inépuisable et d'absinthe et de fiel,
Pour de faibles faveurs, pour un rayon de miel !
C'en est fait aujourd'hui, j'aimais en confiance ;
Tu le veux, j'y consens, son châtiement commence...

## II.

Les épis seize fois avaient doré les champs ;
Seize fois l'hirondelle avait fui les autans ;
Pour la seizième fois la nature en enfance
Illuminait le jour qui marque sa naissance :
Quand elle est apparue à mes yeux, étonnés
De voir de mille éclats ses attraits couronnés.

Ces cils d'or tamisaient une flamme mystique
Qui s'unissait aux sons de sa voix angélique.
Je n'avais jamais vu sur un front de seize ans
L'âme humaine imprimée en traits plus séduisants !
Tout en elle était beau. Chef-d'œuvre de nature,
Sur son col, blanc flottait sa blonde chevelure ;
D'Iris l'écharpe humide étincelante aux cieux
Venait se réfléchir dans l'éclair de ses yeux :
Son sourire montrait dans sa bouche mi-close
L'ivoire en la grenade ou la neige en la rose ;
Comme un tendre palmier, svelte et frêle à la fois,
On pouvait enlacer sa taille entre dix doigts.
Ses épaules, ses bras, séduisant Praxitèle,
Eussent désespéré la Minerve modèle
De Phidias qui passe à l'immortalité
Par la perfection de sa divinité.
Vénus voulut aussi, pour qu'elle fut parfaite,
Répandre en son maintien les grâces de sa tête.
Innocente et timide, un regard étranger
Voilait son front plus blanc que la fleur d'oranger,
Qui coloré soudain l'embellissait encore ;
Tel on voit un ciel pur empourpré par l'aurore !
Puis quand elle chantait, ces sublimes accents
En moi faisaient vibrer des ressorts tout-puissants.
Que j'aimais à sentir ces frissons électriques
Qu'en mes veines filtraient ses chants mélancoliques !
De son cœur inspiré, la captivante voix,
Me versait des douleurs et du miel à la fois !
Ses limpides accords, sur sa lèvre vermeille :
S'exhalaient de son sein, alors chaste corbeille
D'amour, de pureté, de candeur, de vertus,
De trésors précieux, hélas ! qui ne sont plus !!!...

. . . . . . . . . . . . . . .

.

### III.

Furie au cœur rempli par la bile des haines,
Verse-moi maintenant l'écume de tes veines.
Je veux peindre en ce chant ces monstruosités
Qui bavent sur nos mœurs, qui souillent nos cités.
. . . . . . . . . . . . . . . .
Dans l'immense cité, dans la ville infernale,
L'épouvante des rois, l'illustre capitale,
Le dock des passions, la merveille du jour
Que les princes du monde habitent tour à tour ;
Où, cloaque enchanté, nouvelle Babylone,
La licence effrénée aux vices s'abandonne ;
Où cent mille indigents affamés, en haillons,
Rêvent tout éveillés aux révolutions ;
Où l'épouse adultère, à l'esprit romantique,
Fait d'un courtaud grotesque un chevalier gothique :
Où la mère et la fille étalent leur désirs
Dans ces bals immoraux qu'épuisent les plaisirs ;
Où des vieux de vingt ans à la face rougie
Vont brûler de leurs nuits les heures en orgie,
Immolant l'existence aux folles passions,
(Rugissant dans leurs seins pleins d'aberrations),
Qui font tordre l'amour, pâlir la vierge folle,
Parfum empoisonné de cette métropôle
Qui possède des lois pour ces blêmes phrynés
Qui colportent le soir leur baisers avinés ;
Où l'on voit l'insensé que la fortune enivre
Déserter la raison pour publier un livre,
Poëte de l'erreur qui poursuit en chantant
Ce fantôme doré que pare le clinquant ;
Où d'autres éhontés, disciples des voltaires,
Blasphémateurs du Christ, plus fous que téméraires,
Vont jusques à nier l'existence des lois :
Equilibre du monde et des mœurs et des droits.
Puis, où la piété, comme un bouc émissaire,
Se dérobe aux regards, dévidant son rosaire,

Pour prier pour ces gens, ingrats ou corrompus,
Que le vice repait, qui vendent les vertus.
Puis où des élégants pour dorer la surface
De cette mascarade, en parcourent l'espace
Sur de légers coursiers dans de rapides chars,
Mosaïque animée ou rôdent des vieillards !
Quelques-uns pour revivre au temple de mémoire
Couvrent leurs noms fameux de lauriers et de gloire :
Car on y voit aussi poëtes et soldats
Y puiser de l'ardeur pour de nouveaux combats.
Mais, accumulant l'or, entassant des richesses,
D'autres se font pieds-plats à force de bassesses.
Eh pourtant les plaisirs, la fortune et l'honneur
Tout finit par : CI-GIT, sous un saule pleureur !.....
Dans ce Paris enfin, l'émule de Gomorre,
Deux êtres inhumains, deux êtres que j'abhorre,
S'entendaient sur le prix de cette vierge-enfant,
Candide créature au visage éclatant !
L'un, caduc rejeton de ce bourbier mobile,
Etalait avec soin sa main déjà débile
D'où tombait, fascinant, l'or, subtil suborneur.
L'infâme scérélat, c'était le séducteur...
L'autre en cette Sodome avait donné naissance
A Julie et livrait ce trésor d'innocence !
Sans vergogne amassant ce métal corruptif
Du deshonneur toujours privilége exclusif......
Le fétide chacal qui fouille la poussière
Pour dévorer les corps, sacrés au cimetière ;
Le tigre furieux qui rugit bondissant ;
L'infâme infanticide étouffant son enfant ;
Le crapaud venimeux, le barbare idolâtre,
L'insecte malfaisant, le hibou, la marâtre ;
L'athée et l'apostat qui vivent sans raison ;
Tout ce qui porte en soi le venin, le poison :
Est moins à craindre encor, moins abject, moins féroce :
Mégère, que ne l'est ta forfaiture atroce...

Pour massacrer son prince on vit naître un Louvel ;
Judas vendant son Christ est bien plus criminel.
Hé bien, toi, misérable, en livrant la victime
Au bandit qui l'achète, en consommant ton crime :
Tu surpasses les deux ! ton siècle épouvanté
Exécrera ta race au nom qu'elle a porté...
Puis, viendra le trépas ! ce faucheur si terrible,
En voyant sur ta face un stigmate indicible,
Rejettera ton âme aux esprits infernaux !
Alors tu souffriras leurs remords et leurs maux :
Dans ces gouffres affreux, sous ces voûtes livides
Où règne la terreur des brigands homicides !
Ton âme ensevelie, et pour l'éternité.
Saura ce qu'est au ciel une virginité......

# LES PAUVRES

*À Clémence M\*\*\*.*

Vous m'avez dit un jour : « Vous qui rimez si bien,
» Pourquoi donc, en ami, ne m'adressez-vous rien ! »
Vouliez-vous me railler ? J'aurais bien du vous dire :
Qu'une bouche de femme est faite pour sourire,
Pour prononcer : Je t'aime, et pour prendre un baiser ;
Mais non pas pour médire ou pour nous abuser.
Mais qu'importe, écoutez : la mielleuse opulence
Ecarta de vos yeux la chétive indigence ;
Elle aurait pu troubler, dans leur limpidité,
Vos rêves de bonheur et de virginité.
Si l'on souffre ici-bas, votre âme généreuse
Dans sa félicité, saurait-elle être heureuse
Sans rechercher le pauvre et sans le secourir ?
N'est-ce pas un bienfait que de l'en avertir ?

Sans ostentation, que la pudique aumône
Ne fasse point rougir qui reçoit ou qui donne

Où se meut l'infortune allez porter vos pas ;
Là, sous divers aspects se montre le trépas !
Tout en mettant la paix au cœur de bien des mères,
Vous pourrez soulager d'effrayantes misères,
Dans ces cirques où l'homme à force de travaux
S'use jusqu'à la mort sans avoir nul repos !
Car il est des quartiers où l'on veille, où l'on sue ;
Héroïques faubourgs où l'enfant s'habitue,
De ses bras délicats, tendres comme un roseau,
A manier l'outil et le pesant marteau ;
Puis, quand il est plus fort il quitte l'industrie
Et son bras défenseur protège la patrie.
Là, des filles, souvent sans ouvrage et sans pain,
Vendent les mots d'amour pour apaiser leur faim.
La faim ! oui le voilà ce vampire qui ronge ;
Ce suborneur d'attraits qui torture et qui plonge
Dans des égouts fangeux ces cœurs trop ulcérés
Que, faute d'un peu d'or, le vice a déchirés.


Soyez dans ce bas monde aussi bonne que belle ;
Soulagez le malheur, l'abritant sous votre aile.
Dans ces rudes sentiers qu'arrosent tant de pleurs,
Allez verser votre or, courez semer vos fleurs ;
Aux maigres artisans donnez, donnez l'obole ;
L'archange du Très-Haut ceindra d'une auréole
Votre front protecteur. L'amour, la charité
Seuls, vous feront bénir par la divinité !...


Sans ostentation, que la pudique aumône
Ne fasse point rougir qui reçoit ou qui donne.